Mujeres con Historia

Primera edición 2020

Kindle Direct Publishing.

Paperback edición 2020

Mujeres con Historia

María Paz Miranda.

Dedicado a cada **MUJER** de mi familia y de este universo maravilloso.

Y a cada hombre, que hace la diferencia.

Artemisa del Rosario

Siempre pensativa y sin maquillaje, Artemisa se paseaba por su pueblo, mujer de mucho dinero y poca honra. En sus tiempos de juventud estuvo literalmente en boca de todos, su ir y venir con los hombres de paso en el pueblo, no le dieron la mejor fama ni los mayores reconocimientos.

Siempre bien vestida junto a sus zapatos rojos de tacón, se le veía sentada en el parque central, esperando la llegada de algun forastero incauto que cayera en sus brazos delgados pero fuertes.

Aquella tarde hacía calor, su blusa de color blanco dejaba ver lo inesperado y más, decidió ir por un helado para refrescar sus pensamientos que se derretían sin previo aviso, entro a la heladería, pidió su helado de fresa y junto a ella un hombre de talle perfecto y equilibrado le ofrece una servilleta.

Artemisa tiembla, la servilleta cae de sus manos, pero otra, es entregada inmediatamente, ambos quedaron cautivados el uno del otro Artemisa con su gran experiencia, hace un desmán con su mano, y pregunta:

_ ¿Eres nuevo en el pueblo? Bienvenido! _

Aquel hombre quedo sorprendido con sus grandes ojos azules llenos de historia y desamor, por lo que decidió invitarla a la presentación de su libro. Artemisa decidió abotonar su blusa disimuladamente, era necesario frente a tan inesperada invitación.

_ Carlos, es mi nombre y... ¿tú eres? _

jamás le habían preguntado el nombre con tanta prestancia y respeto.

_ Artemisa del Rosario, ¡y claro! ahí estaré _

El la despidió con un beso en la mano, ella quedo inconsciente, solo sabía que aquel helado se derretía en su mano interrumpiendo tan celestial momento.

Carlos da la media vuelta y se va. Artemisa queda sin respiración, aquel helado jamás llego a su boca, y la servilleta llego al alma.

Solo había un lugar en aquel pueblo del sur donde podía ser tan magnifica presentación, el anfiteatro "Leonardo Escamilla".

Ella se dirigió pausadamente a aquel lugar, no sabía

que pensar, que sentir, que imaginar, solo sabía que a cada paso que daba, su vida tomaba una nueva ruta, la del amor, el cual ella jamás había sentido.

Antes de llegar al anfiteatro se podía observar una gran lona anunciando la presentación del libro "Amantes por siempre", autor Carlos Link, creador de grandes novelas de suspenso, odio y amor. La hora del encuentro sería ese mismo día miércoles a las siete pm, ella mira su reloj que marcaba las dos treinta pm quedo paralizada, lo primero que llego a su mente fue, que ropa me pondré, entro en pánico, todo su guardarropa era provocativo, colorido y ajustado, inmediatamente pensó en su gran amiga Susana. Mujer recatada pero alegre, muy bien casada, pero no fanática; ¿Como dos mujeres tan distintas podían ser grandes amigas?, solo el destino lo sabe. Artemisa inmediatamente se dirigió a la casa de ella, las únicas palabras que salieron de su boca fueron:

_ ¡Necesito tu falda negra largo Chanel, tus tacones negros de charol y el abrigo de cuero, luego te diré con detalles lo que está ocurriendo en mi vida! - Susana siempre dispuesta a ayudar, corrió a su habitación tomó lo ordenado por su amiga y se lo entregó, también le dio su mejor perfume, sabía que lo necesitaría. Artemisa tenía pocas horas para ser la más bella, y lo fue, cuando llegó al anfiteatro su maravilloso pelo negro brillaba como nunca, sus ojos color azul cielo resplandecían el lugar, su presencia impacto a todos los presentes, nadie dijo una palabra, solo se dedicaron a observar aquella mujer maravillosa. Carlos se asoma sorpresivamente por la entrada del anfiteatro, se acercó a Artemisa le extendió la mano, y la llevo junto a él hasta el escenario; la presentó como una gran amiga de la infancia, ella sorprendida asentó con la cabeza, solo dio gracias a Dios al universo y al infinito, de haberse puesto su mejor ropa interior. Acabada la presentación del libro, no queda más que decir que Artemisa jamás fue más amada que esa noche, su cuerpo fue pintado con besos de amor, pasión y encuentro, emoción que jamás había vivido, su esencia de mujer había sido valorada por primera vez.

Como toda noche acaba y llega el día, donde los fantasmas vuelven a nacer a pesar del sol brillante, Artemisa salió muy temprano de la habitación del hotel más conocido del pueblo, se dirigió a su casa con paso lento y pausado, disfrutando cada pisada, y recordando las caricias verdaderas que la habían encaminado a un orgasmo jamás vivido.

Al llegar a su casa la vio más hermosa que nunca, llena de colores vibrantes, las cortinas viejas y polvosas parecían de terciopelo, su cama antigua de bronce le parecía de oro y su cocina estaba más limpia que nunca, a pesar que los platos estaban

hacia dos días en el fregadero.

Su ser vibraba con cada respiro, pero vino la gran pregunta, ¿Qué pasara ahora?, decidió disfrutar aquella sensación de estar sana por dentro, y dejar en manos de quien sabe quién, lo que vendría después.

Por su parte Carlos solo reía, sabía que aquella

mujer era especial, fuerte, capaz, tenaz; ella era con quien quería estar el resto de su vida.

Esa mañana luego de dejar el hotel y dirigirse a su casa, Artemisa visito a Susana, ella era la más feliz.

Las vivencias de nuestras amigas las hacemos propias, llenan una parte de nuestro que hacer como mujeres, ese día sus hijos pedían de todo, pero aquellas mujeres no podían dejar de conversar y fantasear con lo que vendría pronto, Artemisa le conto con lujo de detalle cada caricia, cada beso, cada latido que ella había saboreado.

Susana solo imaginaba el maravilloso momento que había vivido su gran amiga, finalmente ambas lloraron, sabían que la vida cambiaria para ambas.

A eso de las once de la mañana de ese mismo día Artemisa, encontrándose en casa, tocan a la puerta, quedo paralizada, era el momento de decidir el resto de su vida, era el, abrió la puerta algo despeinada, intento sujetar sus cabellos con una cinta, pero no pudo, sus manos se hicieron un nudo, dejo su pelo suelto.

_ ¡No necesitas arreglarte!! eres bella por naturaleza _

Artemisa jamás supo que vio aquel hombre en ella, la mañana la pasaron juntos fue el café más conversado y disfrutado para ambos, hablaron de su infancia, sus familias y de que seguía ahora, solo sabían que debían estar juntos, luego Carlos se dirigió al hotel, en espera de que aquella mujer se decidiera a seguirlo.

Artemisa tuvo una vida difícil y llena de altibajos, fue la tercera de cinco hermanos, todos hombres, de madre analfabeta y padre desconocido, su vida nunca fue fácil.

Las caídas le enseñaron que siempre había una nueva oportunidad y hoy estaba a punto de poner en práctica lo aprendido.

Esperanzada en que sus días de desamor acabarían, empaco sus recuerdos, el desamor y su taza de café favorita, camino rumbo al hotel donde se encontraba Carlos.

Pasaron juntos toda esa semana de junio, el pueblo

exploto en envidias, comentarios y buenos deseos, los más antiguos del pueblo sabían del pasado doloroso de aquella mujer, por ello sentían mucho regocijo al ver que su destino tomaba otro rumbo.

Todos merecen encontrar el amor y ser felices decían los antiguos del lugar. Ella lo sería.

Carlos y Artemisa iniciaron una vida juntos donde el amor, el aprecio y la pasión siempre estuvieron presente, Carlos admiraba su coraje y Artemisa su don de escribir, siempre planeaban juntos cada detalle de su vida laboral, familiar e íntima.

Paso el primer año y Artemisa comenzó a sentir los primeros síntomas de madre, inicio con los incesantes vómitos, las idas al baño por la noche y las lágrimas sin motivo.

Ambos decidieron visitar al doctor, les dio la más bella noticia, serian padres de un hermoso niño. Carlos lloro, jamás pensó que aquella bella mujer fuera la madre de su primer hijo. Artemisa era la mujer más feliz, llena de esperanzas y algunos miedos que sabía que con el tiempo se disiparían.

Decidieron llamarlo Ignacio, inspirado en la onomástica "Portador de Fuego", el pequeño iluminaria sus vidas la llenarían de calor. Ignacio nació un 18 de marzo a las 8pm. Llego a este mundo de manera natural, como debe ser, se abrió camino para descubrir aquel mundo maravilloso y lleno de amor que le esperaba.

La llegada de Ignacio a la familia fue el calor que necesitaban para ser aún más felices.

Llego el momento en que Carlos tuvo que partir solo a la presentación se sus novelas, con Ignacio tan pequeño, no podían viajar grandes distancias. Artemisa quedaba inquieta sabiendo que muchos kilómetros los separaban, la ponía nerviosa.

Artemisa siempre tuvo un su sexto sentido muy desarrollado, ella supo cuando su madre iba a morir, una mañana de invierno su madre salió al campo como cada día, Artemisa la despidió con un beso en la mejilla, pero ese beso fue distinto, fue fugas, áspero, asido, no tuvo consistencia, fue un beso lejano, supo que sería la última vez que vería a su madre, la mujer murió en el campo de un infarto, nadie la pudo ayudar solo dejo de respirar y de sufrir tanto abuso de parte de sus patrones. Artemisa quedo sola con apenas dieciséis años, edad difícil para una niña.

Sus hermanos la cuidaron lo que más pudieron, pero finalmente quedo a expensas de los mismos patrones de su madre, Artemisa sabía que debía cambiar su historia, no podía seguir ahí.

Una noche de invierno lluviosa y fría decidió escapar sin rumbo, pero con esperanzas. Sabía que estaría mejor que en aquel lugar lleno de penumbra y sin sueños.

Corrió por los campos durante toda la noche y parte de la mañana, quedando exhausta se encontró en un pueblo que jamás había visitado, lo que más llamo su atención fue el parque central lleno de grandes árboles que le daban cobijo, se sentía segura, decidió seguir recorriendo aquel lugar que posiblemente sería en el que estaría el resto de su vida.

Encontró trabajo de camarera en una cantina de mala muerte, recibía las propinas, y podía pasar la noche en la bodega, en ese momento era todo lo que necesitaba. Con el tiempo logro rentar un cuarto cercano a la cantina, lo que le permitía a su vez, incautar algun cliente que necesitara sus servicios, e incrementara sus ahorros.

Ella quería viajar, era su sueño, recorrer el mundo sola o acompañada, quería escapar, ser libre, conocer que había fuera de esos cerros que se veían de todas partes, jamás pudo juntar lo suficiente, solo le alcanzaba para comprar revistas que mostraban paisajes del mundo, leyéndolas imaginaba que era parte de ese lugar, así, era feliz.

Siempre soñó con conocer un hombre que la sacara de aquel pueblo, sabía que esa era su única opción.

Con el paso de los años Carlos, se hizo muy conocido, sus historias inspiradoras se vendían muy bien. Artemisa ya esperaba su segundo hijo, lo que impedía más aun acompañar a su amado, ella comenzaba a sentir la distancia que se estaba formando entre ellos, se sentía sola.

Podía confiar en Carlos, aunque era un hombre, como la mayoría inseguro y frágil cuando están frente a una mujer inteligente y audaz, pues la vida le había enseñado que los hombres viven en estado de alerta, devoran sin analizar el daño.

Pasado algunos meses, Carlos se atrasó más de lo normal en la presentación de su última novela "Puras e Incautas", Su sexto sentido le volvía hablar, Carlos tenía una amante, ella lo sabía, se sentía vulnerable con aquella situación, pues sus hijos Ignacio y Sofía ahora eran su prioridad, derramo muchas lágrimas, pero las seco, sabía que Carlos la había amado de verdad, aquel amor sin límites que recibió un día, le daban fuerzas para seguir con la crianza de sus hijos, enseñando que una mujer se ama, se desea, se le susurra al oído, se le acaricia el pelo y las manos, por siempre.

Carlos al poco tiempo lleno una maleta y se fue, Artemisa no se lo impidió, solo le pidió que jamás volviera porque ahora sus hijos serian solo de ella, él estuvo de acuerdo.

La invalides emocional del hombre, siempre sale a flote en los momentos más difíciles, haciéndolos huir y dejar atrás la oportunidad de ser felices de verdad.

Artemisa sabía que jamás se volvería a enamorar, muchos hombres pasaron por su vida, ella solo amo a uno.

Jamás se arrepintió de todo lo que había vivido, porque siempre fue autentica, a pesar del sufrimiento que había enfrentado en su vida, era feliz.

Ignacio por su parte, desidia estudiar medicina, llevándolo a vivir a la ciudad, siempre tuvo presente a su madre, sabía que ella era una mujer excepcional, aquellas ganas de surgir se lo aprendió a su madre, como también aprendió, que a las mujeres se les ama incondicionalmente, sin prejuicios ni engaños, se les deja libre, porque son sabias en una relación, defienden sus ideales y hacen del amor una pasión incontrolable.

Cada mujer es diferente, pero todas llevamos una sabiduría incalculable para proveer la experiencia familiar, quizás, porque desde siempre nos hemos encargado de la crianza y organización, rol que se nos da con naturalidad y eficiencia.

Como siempre, Artemisa ahorro cada peso que pudo, con ello, hizo de su casa un Hostal llamado **"Hoy aquí, mañana no sé dónde".**

Solo se recibían mujeres, cada una tejía sus historias, donde Artemisa muchas veces intervino con un sabio consejo.

Roció

Cansancio era lo que sentía Roció, exhausta de tantas mentiras y engaños, su esposo, prestigiado abogado del pueblo, con un desplante único, siempre bien vestido y muy perfumado, amable con todo el mundo, pero infiel.

En su juventud Rocío fue una mujer con un cuerpo envidiable, era de familia, podía comer lo que quisiera y siempre estaba esbelta, todo cambio, luego del nacimiento de Catalina, todo lo que había entrado por su maravillosa boca, se desbordo por los contornos de su cuerpo, estaba irreconocible, quizás fueron las noches de insomnio y cansancio de esperar a su esposo para recibir una caricia, un abrazo, pero jamás llegaban, su matrimonio fue envidiable por los cinco primeros años, siempre se les veía juntos felices y complacientes el uno con el otro, todo cambio de un momento a otro, quizás, aquel abogado no fue capaz de saber ser un hombre y fue un desgraciado.

Inicio los engaños con la nana de la casa, muchachita joven sin experiencia, al poco tiempo el prestigiado abogado la corrió, necesitaba algo más nuevo, él se encargaba de contratarlas y luego despedirlas, Rocío aceptaba aquella situación, no quedaría quedar sola.

Artemisa le repetía:

Jamás una mujer que decide separarse queda sola, queda con ella, con su esencia, con su empuje, con la respuesta encantadora a cada situación que le ocurre, jamás tengas miedo de quedar sola, eres mujer, jamás te faltara nada.

Una mañana de primavera Rocío decidió quedar sola, llego al Hostal, con una maleta y su maravillosa hija Catalina, comenzaba una nueva vida, libre del engaño y los insultos sin palabras, estaba sola. Artemisa la recibió con los brazos abiertos.

En aquel pueblo se sabía todo, el viento siempre

traía las noticias hasta ese maravilloso lugar.

Rocío lloro todo el engaño que se acumuló en sus poros, descanso, se liberó de aquel peso, su pequeña hija de siete años solo observaba aquellas mujeres conversar y llorar juntas, en su pequeña alma juro ser una mujer libre, no quería lágrimas.

Luego de muchas horas de platica entre las dos mujeres, Artemisa tomo las riendas y la enfrento a un espejo.

_ ¡Mírate eres bella!, solo necesitas florecer nuevamente y lo harás, te lo prometo. _

Convencida de ello le dio algunas tareas para hacer.

Iniciaras escribiendo lo que eres, lo que te gusta, lo que no, tus esperanzas, sueños, conocer tus cualidades te hará resplandecer, para así luego planear.

Rocío sabia como todos en el pueblo, que aquella mujer tenía experiencia de la vida, por lo que inicio con sus escritos, tardo dos semanas, jamás supo quién era hasta esos días, se dio cuenta que el estar sola le permitía disfrutar de ella con sus acierto y errores, comenzó a recuperar su silueta esbelta sin siquiera una dieta.

Lo que desbordaba de ella era la tristeza, que poco a poco fue cambiando por alegría y sueños, a los pocos meses llego al pueblo un famoso Doctor jubilado, Dr. Roberto Silva, cuando vio a Rocío por primera vez quedo hipnotizado con su belleza, su elegancia y delicadeza, quiso saber inmediatamente sobre ella, y así lo hizo.

Le basto preguntar en la panadería para saber con lujo de detalle todos los ir y venir de la vida de aquella mujer que volvía a reencontrase, incluso le dijeron que ella diariamente venia por el pan a eso de las cinco treinta pm. El siguiente día nuestro doctor estaba muy bien vestido y perfumado, con ánimos de entablar una pequeña conversación con aquella dama incomparable, llego Rocío como siempre con su bolsa de pan color arena, vestía de manera sencilla pero elegante, él se acerca para preguntarle la hora y ella lo ve con temor.

Su experiencia con aquel abogado le había traído mucho dolor, el Dr. Roberto Silva tendría que tener paciencia.

Ella no respondió solo lo miro con asombro, él no se dio por vencido e intento cada día sacar alguna palabra a Rocío, un día lo logro, ella acepto ir por una taza de té con aquel hombre maduro con ojos de tristeza y necesitado de amor, comenzaron a salir.

Rocío comenzaba a disfrutar de la vida, a sentirse viva, Artemisa cada día aconsejaba a aquella mujer pidiendo que solo fuera ella, muchas veces difícil, porque las experiencias del desamor te marcan y hacen de tu vida, un cuestionamiento constante.

Por el pueblo se comenzó a correr la voz que Rocío ya ateníaa novio, ya las habladuríasa comenzaron a presentarse en cada momento, ella desidia ser feliz, nadie estuvo, ni estaría en sus zapatos, hizo oídos sordos a todo comentario y dejo pasar las miradas de lastima, burla y rencor hacia ella.

Todos se preguntaban qué sería de la pequeña Catalina, ahora aquella pequeña era la más feliz, su madre ya no pasaba las noches llorando, la veía brillar y sonreír, y eso la hacía creer nuevamente que el amor podía existir para su madre y en un futuro para ella.

Catalina tenía la mirada tranquila y con esperanzas.

Apesar de sentirse llena de amor y resplandecer, parte de su interior aun amaba aquel abogado que tanto la hizo sufrir, el género humano está dispuesto a conformarse, necesita sentirse débiles para renacer.

Rocío descubría que aquel hombre había marcado su vida, él había tocado su piel por primera vez donde la amaba sin pretextos ni c ensuras, sentía que su vida estaba dividida en dos, la del amor pausado y tranquilo o el de tormento y engaño.

Muchas mujeres aun no pueden elegir y se destruyen día a día, mutilando su ser, junto a hombres perdedores, que solo validan su ego a través de la violencia, los silencios, las mentiras, los engaños, haciendo de la mujer, un mínimo ser sin perspectivas ni gracia.

Una mujer brilla por sí sola, es hermosa por el solo hecho de ser mujer, nadie absolutamente nadie, puede apagar ese brillo, Rocío lo comenzaba a comprender, eligió ser amada por el doctor, sabía que las lágrimas derramadas habían sido el precursor de los mas grande aprendizaje, los años le enseñarían que había decidido de manera correcta, aunque siguió viviendo en el Hostal se sentía libre, amada, feliz, aquel doctor la dejaba ser, sus días de amor pausado lo disfrutaban en su casa, mientras Catalina feliz en la Hostería sabiendo que su madre era amada por un buen hombre.

Aquella niña jamás dio problema alguno, al contrario, siempre apoyaba en las labores diarias y cumplía con sus estudios, se sentía renovada en aquel lugar, donde las historias jamás acababan.

Del abogado solo comentaremos que decidió dejar el pueblo, los celos lo volvían loco, y ya nadie pedía sus servicios profesionales, se quedaba sin dinero para su vida desenfrenada con cada mujer que se le acercaba, se fue, jamás se le volvió a ver aquel abogado sin ley.

Matilde

Llegó al pueblo vestida de blanco, una mochila negra y un pañuelo amarrado al cuello, entró a la Hostería, iluminó el lugar, su ser era pacifico, tenue, libre, su vida había sido un tormento, pero la meditación y el saberse valiosa de si, habían cambiado su percepción del mundo y se notaba. Al caminar parecía flotar, sus pasos daban paz, se dejaba mirar, admirar, ella transmitía quietud, paz.

Cuando Artemisa la vio entrar a la Hostería, sabía que sería un bálsamo para cada mujer que llegara con sus historias a cuestas. Matilde pidió la renta de una habitación con baño, comentó que el tiempo no existía para ella, solo sabía que debía estar en aquel lugar, Artemisa le dio la más cordial bienvenida.

_El tiempo dirá, te esperábamos. –

Matilde pudo ver el dolor que aquella mujer había soportado, pero que hoy se levantaba orgullosa y triunfante.

su hija Sofía estaba a punto de iniciar su preparatoria, por lo que aun podía apoyar a su madre con la hostería, ella se encargaba de las compras en el mercado, era hábil con los números, con poco dinero podía hacer mucho, hasta esa edad el amor jamás se había presentado, aun no tenía expectativas para su futuro, vivía tranquila pero con esperanzas, sus sueños no pasaban más allá de aquel pueblo, por lo que Artemisa estaba ocupada en mostrar que afuera había un mundo lleno de maravillas, ella más que nadie lo sabía porque desde siempre se había devorado todas las revistas de viajes que veia en la tienda . Sofía solo escuchaba, quizás tenía miedo de alejarse de su madre y sufrir con el amor.

Matilde luego de observar y sentir toda esa energía que invadía esa hermosa casa se acomodó en su habitación, bajo a la estancia, bebió un té de manzana preparado por ella y decidió recorrer el pueblo.

Las miradas la seguían, ella sorprendida por aquel recibimiento, solo decidió ser ella toda paz y armonía, mientras recorría el parque central se le acerca un hombre de aspecto hosco y misterioso con intención de hacerle una invitación descarada, ella solo lo miró, aquel hombre vio un ángel en aquella mirada, corrió, tuvo miedo, siento que le habían leído el alma.

Matilde siempre fue diferente, tenía la habilidad de leer la esencia de las personas con solo una mirada, quizás la muerte de su abuela cuando era niña, le habían enseñado que los ojos hablan, siempre vivió junto a su abuela, mujer interesante, gran lectora y escritora. Capaz de relatar los hechos más fantásticos de bestias místicas, los ojos de aquella mujer lo decían todo, siempre considerada con su nieta, sabía que a su muerte quedaría sola, a la deriva de un mundo sin miradas sinceras, que solo miran para encontrar y no apreciar, la muerte de su abuela trajo soledad y tristeza, pero también nieta, sabía que a su muerte quedaría sola, a la deriva de un mundo sin miradas sinceras, que solo miran para encontrar y no apreciar, la muerte de su abuela trajo soledad y tristeza, pero también grandes enseñanzas para una niña que comenzaba a descubrir un mundo donde el ser se deja de lado y le da paso al hacer para ser.

Con el correr de los años en su camino encontró personas que le enseñaron a ver el mundo como un espacio de amor, donde solo debes sacar lo mejor de las personas para hacer pequeños cambios que luego se convertirán en esperanza para todos.

Estuvo junto a un monje en el Tíbet, quien le enseño a meditar, a reconocer la importancia del presente y sanar al otro con la palabra, demostrar amabilidad a cada acción, despierta en el ser la esencia dormida por muchas generaciones, Matilde comenzaba a aplicar en su vida diaria cada aprendizaje, al ir de compras, al dar sus primeras lecciones de vida a madres solteras.

Ella iba reconociéndose, modelándose con un mundo lleno de oportunidades, para hacer ver en el otro el amor y la compasión que lo rodean, luego de un tiempo desidia seguir las enseñanzas de una tribu indígena, fue aceptada, porque su ser era iluminado, su vida se hacía cada vez más mística.

Su interés por los que la rodeaban aumentaba cada vez más, su capacidad de observación se había desarrollado a gran escala, esto le permitía ofrecer su ayuda a los hombres y mujeres al momento de cazar, se iban por días, se internaban en la selva con el fin de encontrar la comida adecuada para el grupo. Aquella experiencia de cazar para sobrevivir dejo huellas en su ser, le enseñaron a percibir el calor de una huella, el aroma de una bestia, para poder cazar en el momento preciso, fue así, como al poco tiempo logro ser la líder del grupo de mujeres cazadoras, el estar con aquellas mujeres tan sabias, le permitió volver a ver a su abuela.

Una noche estrellada y muy clara, gracias a la femenina Luna, todas se sentaron frente a una fogata frondosa de fuego y calor, comenzaron a beber un licor hipnótico preparado por las indígenas, para desinhibir el ser, así era la única manera de entrar en el alma, según las creencias de aquellos indígenas, Matilde vivió la experiencia y jamás la olvido, llegó al centro de su ser donde pudo ver claramente cada experiencia que su abuela le había enseñado, cada gesto que ella volvía a repetir, aquella mujer había marcado su vida, era hora de hacer honor a todo lo aprendido.

Luego de aquella noche inolvidable decidió partir rumbo a la civilización, donde comenzó a trabajar en su transformación interna, quería saber cuál sería su misión, fue descubriendo que las personas la buscaban para escuchar sus experiencias de vida, ella comenzaba a motivar y orientar la vida de otros, su abuela había marcado su camino, ya jamás estaría sola, estaría rodeada de personas que la fortalecían. Una mañana cualquiera empaco sus cosas, que no eran muchas, y camino por la ciudad, llegó a la terminal de trenes y compró un boleto, jamás supo hacia donde iba, solo sabía que, hacia lo correcto, como se subió, bajo, y llegó al pueblo de Artemisa, sabía que ahí debía estar, su piel se erizo al momento de bajar de aquel vagón, camino directamente al Hostal, y allí se quedaría, así lo había decidido su destino, su abuela, su vida.

La vida te encuentra, cuando te das la oportunidad de ser libre, sencilla, luminosa.

Vita

Tacones polvosos y chuecos, blusa manchada y de mal olor, falda deshilachada y rota, Vita, un travesti despreciado, entró al Hostal a punto de desmayar, toda sudada y despeinada, quisieron agredirla, pero su coraje y su fuerza fueron más, para defender su dignidad de mujer.

Jamás supo cuál fue el motivo de su transformación, solo sabía que así era feliz y eso le bastaba.

Artemisa escucho un estruendo en la recepción bajo rápidamente de su habitación, era Vita.

Me puedo quedar, ya no tengo lugar seguro donde estar aquella mujer estaba destruida.

Toma una ducha, elige algo de mi ropa y cámbiate, luego ven a la cocina te daré una deliciosa sopa de pollo, rápido Vita, la vida sigue

Aquella mujer rápido hizo lo que la dueña del Hostal le pedía, la sopa le supo a carnaval, sabia que allí estaría segura, respetada y querida, era lo único que buscaba, también necesitaba florecer como ella siempre lo había querido.

Tuvo un gran amor, Antonio. Hombre cobarde y voraz, jamás pudo reconocer su doble vida sexual, se decía ser el hombre fuerte y de confianza de una familia adinerada en el pueblo, pero solo era un patán, tenía esposa Luisa y siete hijos, todos supuestamente de él, quien lo sabe, solo ella. Antonio vivía episodios intensos de lujuria y amor con Vita, para luego desecharla, ella sabía que luego del jolgorio venían los insultos, los golpes y la tristeza, circulo que daña y agrede lo más íntimo de cualquiera mujer.

Vita ya había cumplido cincuenta años, sabía que debía comenzar a vivir de manera distinta, su cuerpo y mente se lo pedían.

Al momento de llegar al Hostal, se prometió que sería la última vez que sufriría por aquel hombre, que cobardemente, la mandaba y golpeaba.

Luisa siempre supo de la falencia masculina de su

esposo, lo asumió, lo vivió y lo guardo en el bolsillo de una chaqueta vieja y desteñida como su ego, ella le fue infiel miles de veces, jamás nadie se enteró, los viajes a la ciudad cada semana le permitían liberarse de aquel horror de hombre que tenía a su lado, el que incluso algunas noches de pesadillas nombro a Vita, con tono de excitación y deseo.

Aquella mujer por guardar las apariencias sufría el calvario más inhóspito que una mujer puede sufrir, sabía que su esposo tenia las inseguridades al límite y jamás permitiría que sus hijos lo tomaran como un ejemplo, decidió llevarse a los hijos a la ciudad con la excusa de mejorar la educación de ellos, Antonio acepto, sabía que así podría estar libre frente a cualquier situación femenina o masculina que se le presentara por las noches y el día, estaba perdido, ya no podía seguir siendo el hombre de confianza de su suegro, despilfarraba el dinero y comenzaban a endeudarse más de lo necesario.

Cada día se sentía más débil, había adelgazado mucho, decidió visitar al doctor quien le dijo que posiblemente tuviera VIH, lo corroboraron con la muestra de sangre, en el pueblo las noticias volaban, llego a oídos de Vita, ella quedo devastada, sabía que ella también podía correr con la misma suerte, decidió comentárselo a Artemisa, le pidieron ayuda a Matilde, las dos fueron un potente difusor de negatividad para Vita.

Ella tenía miedo, siempre lo tuvo, pero jamás lo había reflexionado, hoy a sus cincuenta años se daba cuenta que su vida se acababa, se desvanecía, se esfumaba, poco tiempo le quedaba para florecer.

Lo hizo encontrando una habilidad dormida, comenzó a pintar, se decidió por las flores, los colores que usaba eran los que siempre quiso tener en su vida, sus pinturas llenaron la Hostería, también, pinto un gran ramo de hortensias azules, su firma la puso de color blanco, esta hermosa pintura llegó a casa de Luisa.

Fue colgado en la escalera, ella jamás culpo a Vita, siempre supo que su esposo era el cobarde.

El día que Vita murió, estaba soleado, vibrante, las flores del jardín brillaban y latían, fue enterrada en el jardín trasero de la Hostería, así lo pidió, quería estar acompañada por todas las mujeres que urdían sus vidas con consejos y experiencias.

Desde ese día el jardín trasero de la Hostería parecía estar pintado por las manos de Vita, quien, sin duda, ponía todo su esfuerzo en que estuviera maravilloso.

Alma

Llego vestida con su hábito y el cabello suelto, su vida junto a Dios había sido maravillosa, junto a los hombres que administraban esa maravillosa fe, amor y entrega fue un calvario, su intimidad fue sacudida y violentada por hombres vestidos igual que ella, jamás entendió que paso por la mente de aquellos sin alma ni espíritu, solo entendía que debía callar por el amor y la fe que tenía hacia el que guiaba sus pasos, estaba segura que no sería abandonada por el que llevaba su alma y espíritu.

Artemisa quedo sorprendida, jamás pensó ver llegar una monja a aquella casa.

Cuantos días se quedará con nosotras

La mujer tomando el rosario entre sus manos dijo:

Los que sean necesarios para liberar mi sombra de esta cruz tan difícil de llevar

Artemisa le entrego las llaves de la última habitación, donde la vista al jardín era esplendorosa, sabía que necesitaría ver colores al despertar.

Alma desde muy niña fue encaminada al mundo religioso, su personalidad tímida tampoco la ayudaba a encontrar su don terrenal, quizás ella estaba destinada a ser una Santa, siempre estuvo al pendiente de los más necesitados, los ancianos y los niños, recorría kilómetros a pie para entregar la palabra a los alumnos de un colegio alejado de toda civilización, siempre se vio dando ayudando al prójimo. Cuando entró al convento, sintió una inmensa alegría, sabía que su vida tomaba el mejor camino que se podía elegir, los primeros años fueron muy difíciles, lejos de su familia, alimentándose de mala manera y gastando la energía que no tenía, a los pocos meses enfermo de depresión, no podía sostener su cuerpo, se desvanecía y entraba en ataques de pánico.

La enviaron a platicar con el Arzobispo Tunes, quien tenía una gran fama de ayudar y convencer a las religiosas y religiosos de seguir el camino del bien, sin mayores escusas, los apoyaba en todo, solo pedía que las visitas fueran semanales para así lograr la pronta recuperación de sus ovejas.

Cuando Alma llegó a la oficina del Arzobispo Tunes se sintió aliviada, sabía que él y nadie más que él, sabría indicarle el camino de conversión que necesitaba para recuperar su salud, y seguir haciendo lo que ella siempre quiso, ayudar al prójimo y servir a Dios. El señor con cargo en la iglesia saludo amablemente a Alma, le ofreció una taza de té de jazmín.

_ ¡Tómalo!! es delicioso e ideal para platicar_ comenzó a beber su deliciosa taza de té, su presente se borró en pocos segundos.

Despertó sentada en el sillón principal de la casa del Arzobispo, con algunos rasguños extraños en su cuello, cuando intento ponerse de pie no pudo, sus piernas estaban entumidas, sentía como si un sermón la aplastara, quiso ir a orinar y no pudo, sin darse cuenta comenzó a escurrir sangre de su entrepierna, se asustó, comenzó a rezar se sintió aliviada de alma, pero de cuerpo, se sentía sucia y abatida. En eso, entra aquel hombre sin juicio y le da su brazo para que se apoyara y pudiera caminar.

_ Ya está el taxi esperando llevarte al monasterio hermana Alma _

ella no dijo ni pregunto nada, el solo la miro

-Nos vemos la próxima semana, seguiremos con este tratamiento de liberación espiritual-

aquella mujer no entendía nada, ni siquiera sabía dónde la llevaban, se sintió perdida, abandonada por aquel, en quien siempre había creído.

Llegando al convento las compañeras la ayudaron a caminar hasta su cuarto, se durmió seguía dopada, a las horas llegó la madre superiora para preguntar cómo estaba y como se sentía.

_ No sé qué me ha pasado, estoy sangrando me duele todo mi cuerpo y no me acuerdo de nada _

La superiora solo dijo:

_Todas, querida hermana, hemos pasado por este calvario, nos ayuda a ser más fuertes

y entender que el callar y obedecer nos acerca más a Dios_.

Ella seguía sin entender.

Ya por la noche una monja de menos edad llamada Julia se acerca a Alma y le dice lo que había ocurrido.

Querida Alma, el Arzobispo ha abusado de ti, te durmió con su famoso té de jazmín, y se aprovechó de tu generosidad y de tu amor al altísimo

Alma quedo desecha, no podía llorar, su ser se secó en un instante, no lograba entender aquella situación tan difícil, tan inhumana, tan vil, de un hombre consagrado a Dios y a las personas que lo siguen, todo su ser se empaño de lágrimas, aquel hombre de carne, hueso y desquiciado había robado lo más hermoso, su auténtica y sincera confianza en los que la guiarían sin ningún temor a Dios, aquella emoción ya jamás volvería a colmar su ser.

Luego de un par de días se sentía mejor de cuerpo, pero su alma ya era invisible, pudo levantarse y caminar por el jardín, de repente venían a su mente, imágenes desgarradoras, donde podía ver sombra alrededor de ella, tratando de alcanzarla, de tocarla, de hacerla sentir impune frente a tanto desgarro humano. Solo pedía que la semana siguiente no fuera por su tratamiento, sus ruegos fueron escuchados, la llamaron para avisarle que el Arzobispo la espera dentro de un mes, para continuar con la terapia espiritual.

Tuvo el tiempo suficiente para hacer un plan que la liberara a ella y a las próximas monjas en tratamiento, por el tan famoso personaje eclesiástico.

Alma le pidió ayuda a Sor Julia, monja de apenas dieciocho años que ya había vivido en carne propia, aquel desgarro humano que hoy le tocaba sufrir a su amiga Alma.

Sor Julia jamás reclamo, sabía que su familia jamás le creería aquella historia sin precedente, su madre devota de todos los Santos del mundo y su padre un hombre que abandono su sueño de ser sacerdote por el nacimiento de su única hija, aquella familia solo tenía ojos para su hija Sor Julia y su canonización en unos 100 años más.

Así transcurría la vida de aquella joven, donde el ayudar a su amiga la hacía liberarse de tanto sufrimiento de cuerpo, alma y entrañas.

Sor Julia y Alma acordaron que jamás debía tomar el té, ella llevaría su agua, comentando que se encontraba enferma del estómago, el plan consistía en que le pediría una biblia al Arzobispo.

Todas las monjas saben que el hombre despiadado tiene una, en el segundo piso de su casa, en el momento que subiera, Alma pondría una pequeña cámara de espía encima de un gran librero que había al final de la habitación, así podría grabar todo lo que ocurría en aquel lugar infame, Sor Julia había conseguido esa cámara con la ayuda divina.

Todo resulto, solo que la cámara no pudo ser colocada por Alma, al momento en que aquel hombre bajo con la Biblia, ella estaba buscando el mejor ángulo para grabar, en ese preciso momento fue golpeada en la cabeza y se desmayó.

Despertó en el hospital con cinco puntos en la frente, esta vez solo sangro unas gotas.

Ya en el hospital pidió hablar con una enfermera a la que le contó todo lo sucedido en las dos visitas al clérigo, aquella mujer la protegió y pidió que fuera dejada unos días para ver la evolución de su herida, ante esto los sacerdotes y monjas no podían hacer nada, ya por la noche la monja que cuidaba a Alma se marchaba al convento y ella quedaba sola, fue cuando llego la policía para tomar la declaración y enterarse lo que ocurría con el arzobispo y algunos sacerdotes, así comenzaron a darle seguimiento a todas las atrocidades que se comenzaron a demostrar.

Alma jamás volvió al convento, seguía creyendo en el poder divino, tenía fe y sentía ese llamado de ayudar al prójimo, pero ahora lo haría desde la Hostería de Artemisa. Sor Julia siguió en el convento, ayudando y dando declaraciones con lujo de detalle de todo lo acontecido en aquella comunidad, quizás aquella obra l a llevaría más allá de la canonización, la llevaría junto a su familia, la que finalmente se daría cuenta que los deseos de los padres son de ellos y no de sus hijos.

Alma decidió jamás volver a usar aquel atuendo espeluznante, sabía que ella era más que eso, comenzó leyendo historias clásicas a los alumnos de la escuela del pueblo, luego comenzó a dar clases de español, lo que le permitió conocer a toda la comunidad escolar, y a los padres de familia, el Sr. Ramírez, viudo hacia tres años, puso especial atención en aquella mujer tan paciente y sonriente, aunque Alma no tenía experiencia en el amor terrenal, sabía que aquel hombre la miraba diferente, cuando un hombre se fija en ti, ya sea por morbo o

o por un sentimiento autentico, nosotras decidimos dar mejor ángulo para grabar, en ese preciso momento el pase, Alma se arriesgó, quería dejar de caminar descalza y sentir rasguños de amor.

Necesitaba dar pasos fuertes, aquel hombre entendió todo lo que aquella hermosa mujer había sufrido, la espero, le tuvo paciencia y la amo como Dios lo había querido, sin juicios ni prejuicios, Alma se marchó de la Hostería luego de 7 meses, ella fue feliz y no olvidaba pasar cada fin de semana y visitar a sus amigas, también se llevaba flores del jardín para poner a sus santos que cubrían la mayor parte de las esquinas de su casa.

Lucia

Quería fugarse de sí, desaparecer, no ser ella ni nadie más, pero debía estar viva, su vientre abultado de vida no la dejaba escapar, con diecisiete años, una madre ausente, un novio fugado, y una pregorexia (anorexia del embarazo) no la dejaban ser feliz, una noche fría a eso de las dos am. Tocan a la puerta, Artemisa abre con cierta desconfianza, no era habitual que alguien llegara a esas horas de la madrugada, cuando vio aquella muchachita débil y pálida sabía que algo no estaba bien, la hizo pasar y la sentó en el sillón de la entrada. -Soy Lucia, estoy embarazada de ocho meses y me escape de casa, seguramente mi madre jamás se dará cuenta, supe de este maravilloso lugar, gracias a una mujer de la ciudad, quien dijo que el Hostal "Hoy aquí mañana no se" era donde debía ir toda mujer que necesitara encontrar su camino en la vida, y hoy, yo las necesito-, Artemisa quedo sorprendida con el comentario, parpadeo dos veces y se dio cuenta que aquella muchachita estaba a punto de desmayarse.

La tomo en sus brazos, era liviana como un pensamiento fugaz, su panza apenas se notaba, pero sus pechos estaban llenos de vida, la tendió en la cama de la primera habitación cerca de la cocina, debía comenzar a inhalar los olores de la comida para empezar a tomar fuerzas para el momento del parto, en eso llega a la habitación Sofía y Matilde al ver aquella escena Sofía comenzó a llorar, sabía que podría haber sido ella, si no huera sido por su maravillosa madre, Matilde la consoló y la llevo a la cocina, ambas prepararon un tónico especial, Sofía puso agua en la tetera, no dejaban de caer lágrimas de sus ojos, no se podía controlar, - desahógate, luego agradece a tu madre y dale las gracias- Sofía acento con la cabeza, mientras tanto Matilde preparaba un tónico ensenado por los indígenas, les permitía a la madre y al bebe dormir por cuarenta y ocho horas, así ambos descansaban guardando fuerzas para el alumbramiento.

Luego de los dos días, Lucia tenía otro semblante, se le veia tranquila, aunque inquieta por que se le pedía que comiera sus cinco comidas diarias.

Luego de los dos días, Lucia tenía otro semblante, se le veia tranquila aunque inquieta por que se le pedía que comiera sus cinco comidas diarias, de las cuales ella solo probaba dos, el desayuno y algo rápido por la tarde, todas se daban cuenta que no resistiría el día del parto, su cuerpo falto de nutrientes era preocupación constante de todas, Sofía comenzó a acercarse a aquella muchachita, llegando a ser buenas amigas, ambas con vidas muy diferentes, las dos muchachitas comenzaron a imaginar como seria aquel bebe, Sofía lo imaginaba de porcelana y Lucia de chocolate como el color de piel de su novio, de origen brasileño, como llego aquel pueblo perdido, jamás nadie lo supo, se comentaba que era esclavo de una solterona intolerable, luego que murió escapo y fue protegido por Lucia, ambos se enamoraron, pero el no soporto la responsabilidad de un hijo, muchos no lo hacen, por miedo a perder su presente, miedo infundado por las generaciones que los han visto crecer, donde un hombre bien hombre, escapa para hacer más hijos, quien propuso esta idea ignorante, aun no lo sé.

Lucia comenzaba a tomar color en sus mejillas, su panza comenzaba a crecer un poco más, verla te daba ternura, con su cara de niña y cuerpo de mujer, dos semanas antes de dar a luz, tuvo un sangrado inexplicable, el doctor la reviso y solo pidió reposo absoluto, parecía que ella lo había entendido, pero no fue así, cada noche sin hacer el menor ruido, salía a mirar las estrellas al patio trasero.

Lucia se sentía protegida y en paz en aquel lugar, ella jamás supo la historia de Vita, llegado el domingo, la muchachita comenzó con las contracciones, lo curioso e inusual para todas las mujeres de la Hostería era que no sentía dolor, angustia o emoción.

Lucia comenzaba a desvanecer, todo aquel ápice de energía que le habían tratado de dar no resulto favorable para el nacimiento.

Ella pidió que Sofía se acercara.

_ Es tu hijo, tú sabrás darle el amor que yo no_

Lucia cerro sus ojos, aquel niño salió de su entrepierna llorando, con buen tamaño y muy sano.

Sofía no lloro, solo amarro su cabello y se hizo cargo de la criatura, jamás culpo a su amiga por lo sucedido, al contrario, en el sepelio agradeció la confianza que había depositado en ella, y aseguraba ante las personas presentes que sería la mejor madre del mundo, tal como la he tenido yo, los ojos azules de Artemisa se volvieron de cristal, jamás pensó que su hija seria madre de esta manera, pero lo aceptaba porque tendría un motivo por el cual crecer, dar a su hijo una vida justa y sincera. Fue enterrada en el cementerio del pueblo, de la madre de Lucia jamás se supo, todas comenzaron a dudar si alguna vez la conoció, solo la vida lo sabe, pero si sabemos que Lucia está feliz.

Angélica

Aburrida de ser siempre la amiga fiel y confidente de cada hombre que conocía, así transcurría su vida amorosa, ella quería pasión, locura, engaños, reencuentros, jamás lo había experimentado, no tenía ni la más remota idea porque los hombres la veían en esa faceta, llego a la Hostería por casualidad, venia de la ciudad, la mujer que manejaba el autobús, le recomendó este paraíso de mujeres con historias, al llegar fue recibida por Matilde quien de inmediato pudo observar que el cuerpo de Angélica pedía a gritos ser mirada, deseada, amada como toda mujer lo merece, sin vergüenzas ni culpas.

Sus caderas perfectas y cintura sublime se dejaban ver a través de un vestido azul largo con flores blancas y amarillas, de pechos pequeños pero perfectos, donde todo hombre que la amara de verdad, podía quedar extasiado, ella tenía un torrente que entregar.

Matilde sabia como ayudar, solo era cosa de poco tiempo, le ofreció la habitación con baño que estaba al final del jardín, era una suite especial, solo había sido rentada muy pocas veces, era el lugar perfecto para esta mujer loca por amor, por supuesto la muchacha dijo que no podía pagar algo tan hermoso, pero Matilde le comento que en primavera las flores expelían un maravilloso aroma a la que mucha gente era alérgica.

_ Si _replico Angelina, _

Huelen a enamorados, extasiados por un momento de caricias y besos apasionados donde uno se entrega sin censura y tu piel se eriza hasta quedar fría, si lo entiendo perfectamente, solo que jamás lo he experimentado.

_ Ya llegara su tiempo, nada dura para siempre _ replico Matilde.

Sara

Desde pequeña había escuchado a su padre platicar de su hermana, la describía como una mujer maravillosa y valiente, siempre tuvo curiosidad de saber que había pasado con ella, su padre y sus tíos siempre la dieron por desaparecida, jamás volvieron a escuchar de ella. Ese día Sara ya con veinticinco años comenzaba a escribir una nueva etapa en la vida familiar de Artemisa, entro a la Hostería pidiendo alojamiento por el fin de semana, fue atendida por Sofía, ella siempre muy amable y con su hijo amarrado a la cintura, la guio a su habitación, le mostro el baño y luego la cocina, lugar donde cada tarde se sentaban las mujeres a platicar de su día y alguna historia más, Sara se sintió como en casa, aquel lugar tenía un olor familiar, no le dio mayor importancia, se fue a recostar a su habitación y se quedó dormida, ya a eso de las seis se despertó asustada no sabía dónde estaba, pero el aroma la tranquilizo, bajo a la cocina para ver si las mujeres ya estaban reunidas, solo había llegado Matilde, cuando se encontraron ocurrió un silencio sepulcral, todo se detuvo, ambas entraron en la dimensión del reencuentro, _ tu nombre iluminara la vida de muchos_ le dijo Matilde, _ Gracias _ respondió Sara con asombro, aquella mujer era diferente a todas, se miraron por unos segundos y ambas decidieron abrasarse, Matilde comenzó a preparar sus famosos brebajes, pensó en uno que desinhibía el alma pero hiciera consiente al corazón, permitiendo que cada una hablara de las emociones más bellas que hubiesen tenido a lo largo de sus vidas, luego fueron llegando todas, Rocío, Angélica y Sofía saludaron a Sara, también se sentía la presencia de Vita, ella no quería perderse de aquel reencuentro, la única en no llegar fue Artemisa, se atrasó más de lo normal en el pueblo, quizás el destino así lo quería, todas ya sentadas y tranquilas comenzaron a beber aquel brebaje sabor a menta y anís, al segundo trago ya todas platicaban de amor, desamor aventuras y familia. la ultima en hablar fue Sara.

_ Siempre mi vida ha estado llena de preguntas, mi padre y mis tíos sobrevivieron a grandes golpizas y malos tratos de sus patrones, y más aún cuando su hermana desapareció, jamás hemos tenido ninguna noticia de ella, solo se, que es una gran mujer, quisiera encontrarla para contarle cuanto la extrañan sus hermanos y sus sobrinos que aún no la conocen_.

Todas se miraron y la alentaron a su búsqueda, solo Matilde sabia aquella trama familiar maravillosa, esa noche fue muy controversial, hubo lágrimas, risas y estornudos, la primavera se acercaba a pasos agigantados.

Artemisa llego muy tarde, llego directo a su habitación, solo necesitaba descansar. Al otro día muy temprano Sara salió en busca de algunos documentos que necesitaba, para seguir con su búsqueda, llego a la notaria del pueblo, solicitando algun archivo donde se encontraran los nombres de los habitantes, jamás encontró ese documento, no había registro de quienes Vivian allí, todos se conocían, sabían sus historias de vida, un conteo en aquel pueblo era innecesario, Sara jamás se enteró de aquel detalle. Decidió ir a la iglesia, pero por aquellos días la iglesia sufría una revolución incesante, por lo que ni siquiera la hicieron pasar, Sofía muy confundida decidió regresar a la Hostería, aquella mañana al despertar Artemisa se sintió completamente vulnerable, lágrimas y risas la hacían recordar a sus hermanos cuando de pequeños jugaban a las escondidas, todos iban a una vertiente cercana a tomar agua pura, jugaban inventando que era una pésima mágica que los ayudaría a volar, para ir lejos de aquella tierras sin escrúpulos, frente a tanto recuerdo decidió preparar un delicioso almuerzo que su madre le enseño y que era el deleite familiar para los eventos importantes, "Cueros de Cerdo en Guiso" su madre mientras cocinaba para sus patrones, siempre guardaba los cueros de animales y trozos de carne crudos sobrantes en la cocina, ella los ponía en pequeños sacos con sal gruesa para curtirla, pero antes debía embadurnar cada cuero y cada trozo, no debía quedar ningún espacio sin sal, pues la carne no tomaría el color ni el sabor deseado, aquello era un manjar para toda la familia, hoy Artemisa ya lo hacía con carne de calidad curtida por ella, sabía que aquello era receta y amor filial, todas las mujeres ya sabían que cuando se olía aquella delicia, algo andaba mal, pero bien para el paladar. El aroma a carne y especies inundaba la casa y el patio, las flores de Vita parecían volar, la Hostería se transformaba y más aún si ya la primavera estaba presente, fueron llegando una a una cada comensal, todas felices por el festín, pero angustiadas porque sabían el desenlace de las tardes de " Cueros de cerdo en Guiso" lágrimas, recuerdos y más lágrimas, quizás era la antesala de una menopausia anticipada, todas sentadas en la mesa, degustando aquel manjar, aparece Sara, aquel aroma la hizo entrar directo a la cocina, se sintió en casa, aquel majar también era cocinado por su padre en días especiales, era el mismo olor, la misma nostalgia, Sara se sienta a la mesa como hipnotizada no mete ningún ruido, parecía flotar, en eso Artemisa sirve el plato a Sofía y ve por primera vez a Sara, aquel plato quedo en las faldas de su hija, Artemisa tembló, aquella niña era igual a su hermano mayor Arturo, ojos grandes y negros, cejas abultadas y bien definidas, labios gruesos y rosas, nariz perfecta y pómulos anchos, delgada y bien parecida, cuando Sara vio los ojos de Artemisa, sabía que su búsqueda había acabado, eran igual a la fotografía de su abuela, aquella mujer era su tía y ambas lo sabían, Matilde solo les dijo _ un abrazo sellara la cicatriz- ambas mujeres se abrazaron lloraron hasta quedar secas, todas seguían saboreando aquel manjar, no podían dejar de comer, aunque estaban confundidas, sabían que desde aquel día aquel maravilloso plato seria desgastado de principio a fin con el corazón y la panza llena de júbilo y amor. Ambas mujeres no probaron bocado, había algo mejor para saborear, el rencuentro.

Decidieron ir al jardín, se sentaron cerca de un gran

magnolio que adornaba y olía delicioso.

Tía, porque jamás volviste, tus hermanos te buscaron por todos los rincones de aquellas tierras y jamás te encontraron, mi padre en especial siempre se sintió culpable de tu perdida.

Ellos hicieron un entierro simulado bajo un rosal que había en la entrada de la pequeña habitación junto al granero, todos cuidaban aquellas rosas, hasta que llego un invierno sin piedad y mato todo a su paso, fue una gran pérdida, aquella niña creció escuchando a su padre hablar de su tía, de tus ojos, tus travesuras, sus ideas en la vertiente de agua, necesitaba encontrarla.

_ Mi padre está enfermo, el encontrarte es una esperanza para mí y la familia, debes ir con él, todo lo que se vivía en aquellas tierras desapareció, cuando murieron los patrones, sus hijos se hicieron cargo, y dieron vida y trato digno a todos los que quedaban _.

Las tierras dieron grandes ganancias y todos gozaron de los beneficios, incluso ella logro estudiar en la universidad de la capital, aquella jovencita era doctora.

Tía Artemisa, te quiero

Yo también, mi querida Sara

Cuando escucho el Tía, sintió el amor profundo y verdadero que una familia pueda entregar, todo en ella se sano, se limpió, se olvidó, incluso agradeció a Carlos su ex por haberla amado, la maravillosa risa de Vita retumbo en aquel jardín y en toda la Hostería.

De la cocina salieron corriendo todas las mujeres, sabían que algo maravilloso ocurría, al llegar al jardín vieron como las dos Artemisa y Sofía se abrazaban sellando un pasado triste.

Vita por su parte lleno de mariposas aquel lugar mágico, el magnolio se mecía como un bebe y las flores renacían y floreaban al instante, aquellas mujeres se sentían libre, cautivas de sí mismas, felices, dignas de vivir, bellas, queridas, valientes, seguras, aquella experiencia las hizo valorar aún más las decisiones tomadas, pues sabían que no estaban solas, se tenían unas a otras.

Familia

Artemisa y Sara no esperaron, luego de platicar y comer aquel manjar de dioses se dirigieron a visitar a su hermano Arturo, lo hicieron en tren y en taxi, fueron cinco días de viaje, suficiente para que ambas mujeres supieran las alegrías y desaciertos de sus vidas, lo que Artemisa observaba en Sara, era una fuerza interna que la llevaba a recordar a su madre en los primeros años de su infancia, donde su tenia las fuerzas y el coraje de ser ella, mujer al cien, defendiendo y alentando a cada uno de sus hijos y a los que vivían en aquella hacienda, a no darse por vencidos, a luchar, agradecer, a ser fieles con sus posturas de vida, seguro esos primeros aprendizajes habían marcado la tenacidad y voluntad de aquella mujer. Cada mujer que pisa este maravilloso mundo, deja una huella en quienes están a su lado, sean estos familiares o amigos, cada mujer es espejo de lo que le rodea, si decides cambiar tu reflejo, hazlo desde el corazón, desde la razón de mujer, desde la valentía y tenacidad, así, llegaras a ser la que aún no has descubierto.

Llegaron a la Hacienda de madrugada, el sol comenzaba a asomarse por los cerros verdes que cubrían aquel lugar, Artemisa sintió miedo y asombro, todo le parecía más pequeño, más tenue, miraba a su alrededor y venían los recuerdos de ver a su madre trabajando sin descanso y ella con miedo a ser agredida por alguien, en ese instante sintió que el tiempo solo fue un suspiro de aquellos que te ensenan y te dejan pensativa, ella sabía que hoy, era lo que siempre quiso ser, una guardiana de mujeres, sabía lo que era el dolor, la desgracia, la humillación y por sobretodo la falta absoluta de un camino por el cual guiar su vida, la habían hecho estar donde estaba, lista y preparada para seguir con su don de guardiana.

La puerta a la cual tocaron, ya no era la misma, había una atmosfera de encuentro, entrega y respeto se respiraba por toda la hacienda, la casa donde habían vivido su infancia había desaparecido por completo, ya no había nada, en ese momento abren la puerta, era su hermano, se veia cansado y mal agrado, su salud se deterioraba cada día más, ella solo lo abrazo y lloro, se quedaron así por un largo momento, sanando sus heridas con lágrimas, abrazos y recuerdos, ya sentados a la mesa, comenzaron las preguntas que no tenían respuesta, Artemisa se para, seca sus lágrimas, respira profundo para sanar su corazón y conectarlo con su mente, así podría sugerir a su hermano, que era necesario comenzar con algun tratamiento que lo hiciera recuperar su salud, su ser , su vida. Ella pensó inmediatamente en Matilde, sabía que ella, le ensenaría lo necesario para que sanara desde su alma, aquella mujer no estuvo más de siete horas y volvió a tomar rumbo a su Hostería para ir por aquella mujer especial, le comento que el solo debía esperar, Ella solo demoro tres días en ir y volver, jamás nadie había hecho ese tiempo, la urgencia venia del corazón y ante eso, los astros, el universo y el amor se unian, procurando que todo fluyera.

Cuando Matilde percibió a Arturo, pudo oler sus células, llenas de culpabilidad y amargura, aquel hombre sufría en silencio todo lo ocurrido en su vida y la de su familia, jamás había sanado, su corazón se sentía gris y su alma transparente, el dolor y la culpa pueden hacer de ti, un ser desdichado y enfermo por dentro, para luego estarlo por fuera y finalmente morir como una estatua de sal, aquella mujer especial sabía qué hacer, solo era necesario conectar nuevamente la inteligencia del corazón de aquel hombre.

Era necesario trabajar la conciencia del amor, la compasión, la gratitud, la aceptación y la dicha, para hacerlo comenzó a ensenarle a amar cada ser y cada vivencia de su vida, Aunque estas hayan sido devastadoras, este ejercicio permitía liberar sus células de toda frustración y rencor.

Arturo debía enfocarse en la gratitud, sentimiento que le haría despertar sus emociones para ser sanadas, poco a poco fue tomando fuerzas que le permitieron ir sanando, luego de un mes, ya era

tiempo de volver a la Hostería, aunque Sofía estaba a cargo era necesario regresar, Artemisa y Matilde tomaron rumbo, dejando a Arturo encaminado en su recuperación, aquel hombre no tenia palabras para agradecer la transformación, sabía que hoy podría ayudar a otros y eso alentaba a que su salud mejorara.

Ignacio

Las flores y el polen ya eran parte de la vida en el pueblo y la ciudad, anunciaban el tiempo de descansar, las vacaciones de primavera iniciaban, los estudiantes volvían a sus casas por dos semanas de vida familiar, con el sol a medio camino, Artemisa vio entrar a su hijo por la puerta de la cocina, se asustó, no podía reconocer a ese hombre guapo e interesante que había dado a luz veinticinco años atrás, lo abrazo con fuerza, en la apretó aún más, le conto todo lo sucedido con su Tío Arturo y el nuevo vuelco que comenzaba a vivir la familia, donde del pasado, ya no se hablaba, porque se habían aprendido todas las lecciones necesarias para comenzar a valorar solo el presente, él se sintió tranquilo, conocer aquella parte de la familia lo ilusionaba, siempre se había sentido solo, aunque nunca lo dijo, sus ojos lo delataban. Ignacio se dirigió al segundo piso, camino hasta el final del pasillo y llego a su habitación, la sintió diferente, el aroma de las flores inundaba todo, luego de un rato se sintió cómodo y más relajado, durmió el resto de la tarde, parecía que había entrado en un trance primaveral, quizás Vita, estaba planeando algo. Para ese tiempo Angélica ya había encontrado un trabajo de decoradora, le encantaba mantener un estilo vintage dentro de la tienda, ya los dueños comenzaban a darle más responsabilidad, veían en ella una mujer de ideas con una gran pasión por lo que hacía, parecía que toda esa fuerza magnética femenina, la había volcado en su nuevo trabajo y se veia, las ventas habían aumentado muchísimo, lo que daba mejores bonificaciones a aquella mujer ansiosa de pasión, vivir en la Hostería la hacía feliz, ya comenzaba a considerar la idea de estar sola. Aquel día llego directo a su suite, paso por el jardín, sintió un aroma inusual, era demasiado dulce para ser de flores, pero le agrado, entro a su habitación y se quedó dormida.

Al día siguiente despertó temprano, se sentía muy sensual, atrevida, no entendía que ocurría, pero se dejó llevar por esa sensación tan agradable, donde el mundo era de ella y solo de ella, era sábado y no trabajaba, tomo una ducha, aplico crema humectante con aroma a moras en todo su cuerpo y dejo su hermoso cabello color miel al viento, decidió vestir con un vestido blanco entallado, que resaltaba su figura y sus necesidades, también uso un collar de colar negro que le había regalado su bisabuela. Angélica estando en casa jamás usaba zapatos, decía que la libertad empezaba desde los pies, aquella mañana llego a la cocina a desayunar a eso de las diez, decidió comer su fruta favorita sandia, luego tomo una taza de café bien negro y pan tostado, cuando comenzaba a disfrutar su café, comenzó a oler el mismo aroma a flores dulces de la noche anterior, cerró los ojos para respirar tan maravilloso momento, luego de un minuto abrió sus ojos, para seguir disfrutando su café, en ese instante entra Ignacio en ropa interior, a buscar su café de las mañanas, Angélica quedo con el café a media garganta, jamás había visto a un hombre tan guapo y menos en ropa interior, su collar de coral negro comenzaba a ponerse rojo, y su vestido blanco parecía descocerse, sentía un fuego por dentro que calentaba hasta sus pies descalzos, intento pensar una palabra, no podía, solo sabía que debía ser natural y creativa, frente a tamaña cantidad de hormonas, solo se le ocurrió preguntar, _eres gay, tengo entendido que esta Hostería es solo para mujeres-. Ignacio soltó una carcajada que hizo reír de nervios a aquella mujer, en ese momento se dio cuenta que había hecho la pregunta más absurda que jamás había pensado en su vida, los segundos parecían milenios para ella, pensaba, que carajos debo abrir mi boca, bueno, quizás lo hice pensando, en que es el saco de hormonas que necesito, y no puedo dejar pasar el tiempo sabiendo que luego solo seremos amigos, (si, esa era la razón) Ignacio solo le dijo -eres muy hermosa y simpática, jamás me habían preguntado mi orientación sexual en el primer encuentro- Angélica se sentía tan ridícula, pero albergaba esperanzas.

Aquel muchacho le dijo:

-Soy hijo de Artemisa, estaré dos semanas, qué opinas si nos divertimos juntos, eres muy genial-

-Claro- contesto tomando su café frio para bajar el rojo de sus mejillas.

–Perfecto, me ducho y bajamos al pueblo-

Angélica sonrió -Acá te espero-

Luego que aquel saco de hormonas subió a su habitación, Angélica corrió a ponerse perfume era el detalle que había olvidado, de las sandalias ni hablar, las sintió livianas la hacían volar, quizás ya sentía tan ansiada libertad de emoción y amor, volvió a la cocina y lo espero leyendo un libro de poesía, ella era feliz leyendo poesía, imaginaba que cada poema era escrito para ella.

Luego de veintisiete minutos, tiempo contado por

Angélica, llego Ignacio, vestía todo de blanco parecía un ángel pensó.

_ Me vestí de blanco para no perdernos_

ambos soltaron una carcajada, se tomaron de la mano y se fueron a aquel pueblo lleno de rincones y colores para hacer del día, una conquista inolvidable. Jamás se perdieron, las dos semanas fueron de amor, sexo, sensualidad donde conocieron cada pliegue de sus cuerpos, tamaños y espacios, todo, Angélica fue feliz desde aquel día.

Jamás volvió a sentir aquella agonía de ser solo la amiga, ya era amiga, amante, confidente, era el amor de la vida de alguien, necesidad humana vital para sentirse vivo de verdad, saber que alguien te ama, te desea por amor o lujuria, te hace vivir, vibrar, ser libre, Ignacio por su parte se sentía libre, autentico y confiado, vital para que un hombre entregue su alma y su cuerpo solo a una, y esa siempre fue Angélica.

Ignacio la amaba de verdad, aunque estuviera solo en la universidad sabía que la compañía estaba presente, los silencios y lejanías no incomodaban a nadie, así es el amor libre y de verdad.

Artemisa

Cautiva de un solo hombre Carlos, el que ella había amado para luego quedar vacía y seca, caminar por aquel parque central le traía grandes recuerdos de amor y desamor, muchos hombres le habían prometido las estrellas, aunque ella siempre supo quién era, hoy se paseaba orgullosa de quien fue y quien era hoy, mujer empoderada de su vida y su espacio, ella sabía cuál era el costo, lo logro y se notaba, su andar seguro y su mirada en alto delataban que su vida había cambiado, jamás volvió a bajar su mirada, hoy a sus cincuenta y seis años sabía quién era, decidió centrase en el parque a observar a las personas que cada vez habitaban más aquel pueblo a punto de ser ciudad.

El alcalde estaba emocionado de dar la gran noticia, se veia gran cantidad de movimiento, llegaron personajes de la política al pueblo que seguramente ni siquiera sabían su nombre, también se veían camiones de militares y periodista de grandes televisoras, ella solo observaba y reía de aquel circo humano, seguro cada uno tenía su historia pero que conocieran aquel lugar, seguro ni en sus sueños, así es el humano, se refugian entre la gente que destaca para destacar, tristeza de alma y ser.

Artemisa se sintió incomoda y decidió caminar por el parque, a lo lejos vio un hombre de aspecto fornido, pero tímido, brazos que seguramente la protegerían ante cualquier inconveniente, lo de mas quien sabe, Artemisa tembló, se sintió atraída por aquel aspecto que daba seguridad, solo eso, ella pensó, pero mientras sus pasos se acercaban a él, ella quedaba sin fuerzas.

Sentía que a cada paso sus arrugas disminuían, se iba convirtiendo en adolecente, no podía parar aquel instinto de casería que se apoderaba de ella, se sentía vulnerable ante aquel hombre, al cual ni siquiera había visto claramente, aquella mujer pensó, la menopausia me dio fuerte, solo reía, supo que aquel militar joven lleno de vida le daba energía.

La volvía hacer sentir el asombro frente al sexo opuesto, muchas veces vetado para mujeres de mayor edad, jamás, pensó ella, soy mujer y me siento libre y llena de energía para una aventura, muchas veces nos reprimimos por el que dirán, pero basta, eres mujer y eres hermosa, Artemisa se auto convencía que aquel hombre de no más de 45 años era un ser de otro planeta, decidió caminar decidida a platicar con él, como lo hacía en los viejos tiempos, sabía que podría, cuando llego a unos pocos metros, quedo paralizada, la experiencia no siempre se evidencia en los momentos adecuados, pero él le hablo, Artemisa se conservaba delgada, guapa, llena de historia, y eso cautivaba a cualquiera, como aquel hombre de cuerpo celestial y ojos de ensueño, él se acercó a preguntar por la dirección del Hotel más famoso de la ciudad, sin duda ella lo conocía muy bien, hasta sabia la posición de las camas y el color de las sabanas, comenzaba a despertar aquella experiencia dormida, _ voy en esa dirección sígueme. El solo la siguió, la plática fue infinita el conto sus historias de guerra ella con su vida llena de magia y espasmos, platicaron por horas en el café del hotel, la atracción fue infinita, había muchas coincidencias en sus vidas, Artemisa estaba abierta a volver a creer en el amor, lo necesitaba. Eliot, era su nombre, joven lleno de energía y ganas de amar, justo lo que aquella mujer necesitaba, y seguro, tú también.

Aquella noche Artemisa no llego a la Hostería, por primera vez nadie noto su ausencia, seguro Vita ya sabía todo, y ella ayudo a la causa. Se amaron, aquel hombre la amo, el beso la hizo sentir viva, él se quedó impactado con la química que tenían ambos en la intimidad, -seguro hemos estado juntos en otras vidas, aunque yo no crea en ello, las caricias eran perfectas para ambos, los besos justo en el momento indicado y el acto de amar sin duda jamás vivido por ambos.

Era perfecto, ella se fue temprano, sabía que esa era la dinámica clásica, el la detuvo, no te vayas, quédate junto a mí, el día es largo, se ama de día y noche, hoy y aquí, ella solo accedió, lo necesitaba.

La ausencia aún no se notaba en la Hostería, como siempre Sofía ocupada de cada detalle y responsabilidad, Artemisa estaba más libre y tranquila.

Se amaron el día entero solo pararon para comer, y tomar vino tinto, elixir de amor y deseo. Ya hacían planes, ella tembló, él se sintió feliz. Artemisa llego a la Hostería despeinada al viento, liviana, libre, bailando.

Llego directo a darse una ducha y a dormir, aquella mujer era la adolecente de la casa, luego de ser la que solo dirigía, hoy era la que disfrutaba, se lo merecía y más por un hombre que quedo deslumbrado con su belleza. Durmió como los ángeles, no despertó sino hasta la 1 pm. del día

siguiente, lo increíble era que aquellos pliegues de tristeza de su rostro desaparecieron, su piel era tersa nuevamente, sin duda el amor y el deseo te rehabilitan del todo, cuando llego a la cocina, todas quedaron sin aliento al ver la belleza que aquella mujer expelía por cada poro, estaba viva de verdad.

No se necesitó palabra alguna para explicar lo que vivía aquella mujer, todas la abrazaron, ella solo reía, hasta vita se sintió presente con aquel particular aroma a flores, comió y volvió a salir, esta vez fue solo a caminar sin rumbo, muchas veces es necesario, salir, caminar, analizar, ver , oler para que tu ser interno te diga cuál es el siguiente paso, siempre escucha a tu corazón, él es sabio, conectar el corazón y la mente es fácil, solo observa la naturaleza ella será tu guía, seguro te hará ser más sabia.

Amelia

Recibida por Artemisa y su gran sonrisa de felicidad y armonía familiar en su alma, Amelia pidió un vaso de agua, tenía la garganta seca, quizás era la primavera y la cantidad de ideas que tenia atravesadas en su garganta, mujer divorciada sin hijos, decidió abandonar aquel hombre que siempre la privo y no considero sus grandes ideas, Amelia, mujer con estudios universitarios siempre soñó con emprender, la creatividad y el empuje siempre estaban presentes, pero el, la detenía con sus palabras típicas de hombre insensato y egocéntrico (¿estas segura?, ¡!te van a estafar!!, no podemos pedir un préstamo, a tu familia jamás le pidas dinero que pensaran de mí, yo este mes debo hacer un viaje no tengo dinero, y muchas otras frases que quizás conozcas o te han contado) palabras que la hacían desistir de sus proyectos, ella soporto ocho años, de invisibilidad, el siempre cambiando de trabajo porque su personalidad no lo acompañaba para ser constante y visionario, solo hacia lo necesario, no existía una entrega genuina en sus trabajos, solo era cumplir, no ser parte de él, limitando tu visión de ser y superación. Cansada se fue sin despedir, solo empaco algo de ropa y su abrigo de cuero rojo, el fuego corría por sus venas, pero él jamás se dio cuenta, solo aplacaba el amor y el deseo que aquella mujer pudo entregarle, pero que él jamás deseo. Así llego a la Hostería, sola, pero con su cabeza llena de ideas. Todo lo que ella podía visualizar era un espacio tranquilo y acogedor, donde pudiera poner en marcha toda la creatividad que brotaba de su ser, siempre le emociono la idea de escribir un libro, analizo cada día de su vida, lo que acepto de su familia numerosa, pero egoísta, sus amigos, pocos, pero sinceros, y la sociedad que se encargaba de enmascarar a cada mujer con un velo de buena madre, esposa e hija, carga que te agota y corta tus alas. Lo que debió cambiar, el estado de pausa en el que vivió junto a un hombre sin visión ni ambición, y lo que viviría ahora, reconciliarse con ella misma y los desaciertos que había cometido en su vida, todo esto la hizo crear "Hombres, de papel", obra dedicada a cada mujer que buscaba una respuesta a la dinámica emocional del género masculino. Entendió que, en la vida, no hay nada que no se pueda arreglar, con un corazón tranquilo, una mirada limpia y un cabello bien cuidado, sabía que todo lo que había vivido le ensenaba a valorarse más, a rescatarse y mostrarse a sí misma que su capacidad era infinita.

El libro fue publicado por una gran editorial, Amelia por primera vez era considerada por ser quien era, jamás lo habría logrado junto a aquel hombre, muchas veces es más fácil envolver tu corazón con tela de lino, duro, tieso, natural, pero resistente, así pasas por alto cada discusión, tristeza, deseo, hoy sabía que el lino también se desgastaba, hay personas que te encadenan a su lado, solo tú puedes cortarlas despertando de aquel sueño moribundo y distraído al cual muchas están sometidas, despierta eres una mujer excepcional.

Ana

Llego a la que ya sería ciudad, en un bus lleno de reporteros, como logro llegar ahí, quizás su astucia aún no se había terminado de consumir con su locura, Ana mujer de no más de treinta y dos años, con facciones delicadas, cuerpo esbelto y cabello corto al ras, bajo de aquel camión y comenzó a caminar por los alrededores sin rumbo, hablaba sola, siempre mirando hacia el lado, como si alguien la siguiera, quizás eran los recuerdos que la dejaron sin razón, una noche luego de cenar su comida favorita, ravioles con salsa de tomates naturales, su pensamiento pasado y presente se borraron de su ser, jamás volvió a saber quién era, el hombre al que amo desde lo más profundo de su centro, la engaño con su querida prima Lucy, Ana vio todo desde la ventana, cuando llegaba de la universidad cansada, pero con el amor corriendo por sus venas para encontrarse con su amado y hacer el amor hasta quedar exhaustos, todo se esfumo en un segundo, aquel momento la inmovilizo, desintegro su cuerpo de su alma y su corazón, jamás volvió a ser aquella mujer llena de energía, ilusión y motivación, Ana se apagó. Entro directo a su habitación, sin derramar una lagrima, esas ya se habían secado hacia tres segundos atrás, les tomo una fotografía con la antigua cámara que tenía su amado en un aparador en la entrada de la casa, luego dio un grito que ensordeció toda lujuria de aquellos dos, ambos espantados saltaron de la cama, y Ana continuo _ "Fuera de mi vida, fuera, fuera". Aquellos dos solo salieron a medio vestir y con la vergüenza en su rostro. La casa era de Ana, la había recibido como herencia de su abuela paterna, quien siempre cuido a aquella niña como la hija que jamás tuvo. Luego de cerrar la puerta de su hermosa casa, se estiro en el suelo del pasillo y permaneció dos días mirando al techo, jamás supo si derramo una lagrima, o si había sentido dolor, angustia, soledad, solo sabía que su ser se había desconectado de este mundo, luego de esos días Ana jamás volvió a ser la misma, simplemente se reflejaba en su manera de caminar y vestir, su cabello rojo jamás volvió a brillar y su mirada parecía perdida por momentos, con el único que contaba era con su padre, quien dejo que la tristeza la desgastara. Ana quedo sola, su vida racional fue desapareciendo día con día, jamás volvió a ser la que era en su maravillosa casa, llena de los recuerdos más maravillosos de su infancia, pero también de la imagen que había desecho su ser. Artemisa la había observado desde que bajo del bus, no dejo de seguirla con su mirada y luego con sus pasos, al ver que deambulaba sin fin y sedienta, le ofreció agua fresca de sandía que había comprado para aquella mujer de ojos sin fin, Ana miro fijamente los ojos azules de aquella mujer que le dio confianza, acepto el agua, la bebió con tanto gusto que una hermosa sonrisa se dibujó en su rostro, aquel sabor y frescura le recordaron las tardes de verano junto a su abuela, Artemisa la tomo del brazo y la llevo a caminar al parque central, para luego seguir rumbo a la Hostería, ambas mujeres llevaban una cicatriz indeleble que las unía. Ana camino sin temor fue presentada como una familiar lejana, jamás nadie quiso saber de dónde venía, era tiempo de vivir el presente y sanar las heridas del pasado, ese grupo de mujeres bordo ideas que comenzaron a surgir efecto, Ana luego de dos semanas ya podía levantar su mirada por unos minutos, platicaba sin temblar, lograba recordar a su abuela y aquel pasado incesante que la seguía y la hacía mirar hacia el lado, comenzaba a desaparecer, aquella mujer volvía a nacer, su pelo rojo comenzaba a desplegar los primeros destellos de brillo.

Delfina

Cabello al viento, rizado y negro, camina con las palmas de las manos hacia el frente, como atrapando cada segundo de vida, luego de sobrevivir a un cáncer de mama, no había otra manera de caminar, más que dando gracias a todos por verlos una segunda vez, tener la oportunidad de poner palabras a los pensamientos omitidos, a los te quiero dormidos y a las noches en vela por ver una película sin sentido o hacer el amor sin ocuparte de la hora o el día que es. Así deseaba vivir Delfina, sin preocupaciones, ya había pasado lo suficiente para volver a vivir un mundo de desaliento, donde cada visita al doctor definía tu siguiente paso a casa o a la funeraria, ella tomo valor y supero cada etapa de su tratamiento, su madre fue el apoyo que necesito en cada momento, su hermana su talón de Aquiles, la que sufría en silencio las charlas con el doctor y los próximos diagnósticos y avances médicos, la familia fue su pilar. Sabía que no estaba libre de recaer nuevamente, por lo mismo debía dar un vuelco a su vida, desde la alimentación hasta la manera de dormir. Su hermana le aconsejo ir por un tiempo y hospedarse en la "Hostería Hoy aquí, mañana no sé dónde.", las mujeres son guardianas de vida, que elevan tus alas de libertad y fecundan tus sueños con esperanza, hoy necesitas a esas mujeres de fruto maduro, ellas te ensenaran a valorar tu ser, acércate a mujeres que validen tu hacer, que te hagan protagonista de sus historias, ellas te ensenan a ser realmente quien eres, pocas personas tienen el don, ellas si, te sanaran.

Cada mujer que habita este mundo maravilloso tiene un don, una habilidad, un poder. Descubrirlo te hace libre, te compromete contigo misma a ser mejor cada día para ti y por ti, para luego derramar y elegir la vida genuina que todas necesitamos.

El agobio, la necedad, la monotonía paralizan tu ser creador, por divinidad, hemos nacido mujeres para crear, hacer, ser y expandir.

Se la protagonista de tu historia, descubre tu inicio, perfecciona tu trama y valora tu final, has de ti una mujer sin barreras, valórate por lo que eres y como eres, sigue siempre adelante, el capullo de mariposa jamás se deteriora si no es con el pasar del tiempo y las estaciones, no te dejes deteriorar tú tienes la emoción y el sentimiento de ser la mejor, hoy lo eres, busca la mejor versión de ti misma, para ti, porque tú eres primero, para poder derramar esa energía pura y sin vicios en tus seres queridos, tus amigos, personas que se involucran contigo cada día, que ven tu avanzar de días sin percatarse de cambios ni metamorfosis, hoy es el día, se la mujer que siempre quisiste ser, aquella que es segura de sí misma, que si se equivoca lo resuelve y sigue con su vida y su amor por si misma sin ocupación ni preocupación, tu eres la esencia de este mundo, valórate, se lo que quieres ser, bebe una copa de vino junto a ti, y sabrás descifrar las incógnitas que la vida te pone, las cuales muchas veces son difíciles de resolver, pero fáciles de llevar a cabo, no te pongas trampas, salta, goza y se feliz, eres mujer.

Mi nombre: ______________________

Historia:

Fin…

Síntesis

Esta historia nace de mi despertar como mujer, con mis habilidades, experiencias, historias familiares, confesiones escuchadas en un café o en el sillón de mi casa. La comunión de estas y la imaginación, crean "Mujeres con historia". Cada una de nosotras tiene una propia, donde sin duda, han influido nuestra madre, hermana (si las tienes) abuelas, tías, primas y toda mujer que se ha cruzado de manera significativa en tu vida, las propias creencias y las que te rodean, te hacen una mujer con historias que solo tú conoces.

Las anécdotas y vivencias que se tejen en esta novela, invitan a valorar aún más tú esencia, los pasos que has dado y los que aún no te decides a dar, te recuerdan que ser mujer es alzar la mirada y encontrar esa ventana de luz para dar solución a lo insolucionable, disfrutar lo que hacemos con el corazón y la pasión que nos caracteriza. Les confienzo que siempre he pensado que existen hilos invisibles de sabiduría generacional que aportan un sello especial a cada una, ayudándonos a construir nuestro presente, dándonos la fuerza y la entereza de todas las mujeres que vivieron en nuestra familia. Mujeres a través de la historia lo demuestran, haciéndonos partícipes de su presente en algun lugar del mundo, como mujeres sabemos quiénes somos y cuáles son nuestros ideales.

Hoy más que nunca a través de la historia, estamos elevando nuestra valiosa voz, escucharnos unas a otras, eleva nuestra frecuencia innata de intuición, permitiendo que la fuerza y el corazón se unan, creando un imán de grandes cambios. Quizás el destino o nuestras decisiones nos han llevado a vivir en estado de supervivencia. Hoy nos damos cuenta que cada mujer de este maravilloso universo, está aquí para vivenciar los momentos de su vida.

La novela que leerás a continuación es de mujeres iguales a ti, a mí a nuestras antepasadas, donde la pasión, la injusticia, el desamor, la unión, la lujuria y los cuestionamientos se entrelazan en historias de amor, verdad e indiferencia, si tocan algun aspectos de tu vida, es solo mera coincidencia.

Índice

Made in the USA
Middletown, DE
30 January 2023